Der

Todten-Tanz,

wie derselbe in

der weitberühmten Stadt Basel,

als ein

Spiegel menschlicher Beschaffenheit,

ganz künstlich

mit lebendigen Farben gemahlet,

nicht ohne nützliche Verwunderung zu sehen ist.

LA

DANSE DES MORTS,

MIROIR DE LA NATURE HUMAINE,

PEINTE EN COULEURS VÉRITABLES,

TELLE QU'ELLE SE VOIT,

NON SANS UNE UTILE ADMIRATION.

DANS LA

CÉLÈBRE VILLE DE BALE.

Basel, | BALE,

bei Mähly-Lamy, Verleger. | CHEZ MÆBLY-LAMY, ÉDITEUR.

1843.

Vorwort.

Es scheint uns nothwendig, dieser ältesten Auflage der, den Urbildern des berühmten Todtentanzes getreuesten Nachbildung einige Worte vorauszusenden. Sie mögen den Zweck und Werth dieser Ausgabe, wie auch einige Erläuterungen über den Inhalt derselben vor Augen legen.

Nach den ältesten Urkunden und Traditionen, die ermittelt worden sind, erzeugte das vierzehnte Jahrhundert zuerst die Idee: an den Mauern der Klöster, in Hallen, Gängen und an Grabstätten eine Reihe von Gemälden anzubringen, die den Tod als unerbittlicher Räuber des Menschenlebens in jedem Alter, wie in jedem Stande darstellten. Zunächst mag wohl dieser Gedanke in den Köpfen einiger Klosterbewohner (Mönche) entstanden sein. In den engen, von der Welt abgeschiedenen Zellen erwachten wohl zuweilen Erinnerungen an das irdische, durch Abwechselung so reichhaltige Leben, die keine Pönitenz, kein Gebet verscheuchen wollte. Sich gleichsam dafür zu strafen, und mehr noch der wiederkehrenden Weltlust ein ernstes an die Vergänglichkeit alles Irdischen mahnendes Zeichen zu

AVANT-PROPOS.

Nous croyons nécessaire de faire précéder cette nouvelle réimpression des plus anciennes gravures de la danse des morts, de quelques mots, pour expliquer le but et la valeur de cette édition et pour donner quelques éclaircissements sur son contenu.

D'après les traditions et les documents les plus anciens, ce fut au quatorzième siècle que naquit pour la première fois l'idée de représenter sur les murs des couvents, halles, galeries et cimetières, la mort arrachant impitoyablement la vie à l'homme de tout âge et de tout état. Il est probable que cette idée fût conçue par des moines. Dans les cellules étroites, isolées du monde, se réveillaient quelquefois des souvenirs terrestres, et aucune pénitence, aucune prière ne parvenait à étouffer complétement ces réminiscenses. Comme pour se punir de leurs pensées mondaines, et rappeler d'une manière sérieuse que tout ce qui est

setzen, stellten sie den Tod nicht, wie bisher alle Nationen, als einen Friedensengel, einen himmlischen Genius dar, sondern malten ihn in der abschreckenden unästhetischen Gestalt des menschlichen Gerippes (Skeletts). Dieses Bild behielten auch die damals lebenden Maler bei, um so mehr, als es dem großen Haufen, der in harten Sklavenfesseln von Fürsten, Grafen und Rittern gehalten ward, am meisten behagte. Mit geheimer Schadenfreude sah der Leibeigene sowohl den Armen, wie den Reichen und Gefürsteten von dem häßlichen Todtengerippe brüderlich gleich umarmt und zu einer Gruft geführt. Andere Ansichten über die Entstehung des Todtentanzes sind schon mehrfach veröffentlicht worden, bedürfen also auch hier keiner Wiederholung. Wir enthalten uns jedes Urtheils über die der Wahrheit zunächst kommende Idee, glauben aber, daß auch die von uns eben angedeutete so viel Wahrscheinlichkeit für sich habe, als jede andere.

Der berühmte Todtentanz, welcher in der löblichen Stadt Basel bei dem Prediger=Kirchhofe, so voller Lindenbäume gestanden, auf einer 192 Fuß langen Mauer, an dem gepflasterten Wege zur rechten vom Eingange[1], mit Oelfarbe gemalt,

---

[1] Um dem Publikum einen bessern Begriff zu geben, wo der Todtentanz vor Zeiten gestanden, hat der Verleger dieser Ausgabe eine Zeichnung des Platzes beigefügt.

terrestre n'est que passager. Les moines représen-
tèrent la mort, non pas, comme jusqu'alors toutes
les nations, sous les traits d'un ange de paix, d'un
génie divin, mais avec les formes repoussantes
d'un squelette humain. Cette forme fut aussi
adoptée par les peintres de cette époque, parce
qu'elle plaisait au peuple qui gémissait sous la ser-
vitude des princes, des comtes et des chevaliers.
C'était avec un sentiment de satisfaction que le
serf voyait le hideux squelette enlacer de ses bras
osseux et conduire dans une tombe commune le
riche comme le pauvre, le prince comme l'esclave.
D'autres opinions ont encore été émises sur l'origine des danses des morts, et il est inutile de les
reproduire ici. Nous nous abstenons de nous pro-
noncer sur la vérité de toute autre opinion, mais
nous croyons que celle que nous venons d'indiquer a aussi un caractère de probabilité.

La célèbre danse des morts retracée à Bâle, sur le
mur du cimetière des prédicateurs, long de 192 pieds
et situé à droite de l'entrée, près de la voie pavée[1],

---

[1] Pour donner au public une idée plus nette du lieu où se trouvait autrefois la danse des morts, l'éditeur a joint à cette nouvelle édition un dessin qui représente ce lieu.

mit Gallerie und Dachung versehen, war ein altes Monument und eine der am berühmtesten gewordenen Antiquitäten der alten Basilea. Dieses Kunstdenkmal der Vorzeit stammt aus den Tagen Kaisers Sigismundi; es wurde zur Zeit des großen Konciliums in Basel, welches unter dem Pabste Euge- nio im Jahr 1431 eröffnet wurde und 17 Jahre 9 Monate 27 Tage währte, von den anwesenden Vätern und Prälaten aufzustellen beschlossen, und zwar zum Gedächtniß des großen Sterbens (der Pest), welches 1439 die Stadt Basel heimsuchte und nebst vielem Volke auch mehrere vornehme Herren, Car- dinäle und Prälaten hinwegraffte, die theils auf gedachtem Kirchhofe, theils aber in der Karthäuserkirche im mindern (Klein=) Basel begraben liegen. Da nun zu jener Zeit durch den Niederländischen Maler Johann van Eyck die Oelmalerei erfunden worden und Kaiser Sigismund, der selbst in Basel anwesend war, als Beschützer und Beförderer gelehrter Leute und Künstler, auch mehrere berühmte Maler in seinem Gefolge hatte, so beschloß das Concilium: das vorhabende löbliche Werk nicht mit Wasserfarben, welche man bisher angewendet, sondern zur längeren Erhaltung von einem der besten Maler, mit der neuerfundenen Oelfarbe, an oben bezeichnetem Orte ma- len zu lassen. — Leider ist des Malers Name unbekannt ge-

était peinte à l'huile et garantie par un toit et une galerie. C'était un ancien monument de l'art et l'une des curiosités les plus remarquables de l'antique *Basilea*. Elle a été faite sous le règne de l'empereur Sigismond, d'après une décision des pères et des prélats, qui assistèrent, sous le pape Eugène, au grand concile de Bâle, ouvert en 1431, et qui dura 17 ans 9 mois et 27 jours. Cette œuvre d'art devait rappeler la mémoire de la terrible peste qui dévasta Bâle en 1439 et qui enleva une foule de gens du peuple, des grands, des cardinaux et des prélats, enterrés, soit dans le cimetière en question, soit dans l'église des Chartreux, située dans le petit Bâle. A cette époque, la peinture à l'huile venait d'être inventée par le peintre hollandais Jean van Eyck. L'empereur Sigismond, qui était lui-même à Bâle, et qui protégeait particulièrement les savants et les artistes, avait dans sa suite plusieurs peintres célèbres. Le concile décida donc que la danse des morts serait peinte à l'huile, afin d'assurer à ce tableau la plus longue durée possible.

Le nom de l'artiste n'est malheureusement pas connu, et longtemps on a attribué ce chef-d'œuvre

blieben, weshalb man lange der irrigen Meinung war, der berühmte Holbein sei der Meister auch dieser berühmten Antiquität. Indessen ist die Unrichtigkeit dieser Ansicht längst zur Genüge dargethan worden, als daß wir uns weiter darüber auszusprechen hätten. Ferner haben etliche Forscher gemeint: der berühmte Todtentanz am Predigerkirchhofe sey nur eine Verbesserung des im sogenannten Klingenthale gewesenen; doch hat nicht ermittelt werden können, ob eine ähnliche Gemäldegallerie wirklich früher dort gewesen, oder ob sie (wahrscheinlicher) erst nach jenem berühmten Meisterwerke entstanden sey.

Was bei den in Rede stehenden Gemälden vorzüglich zu bemerken, ist, daß alle Stände, die darauf vorgestellt sind, nach dem Leben und in der Kleidung jener Zeit abgebildet wurden. In der Figur des Papstes finden wir ein treues Bildniß des zu Basel an obgemeldeten Eugenii Statt gewählten Kirchenfürsten Felicis V; in der des Kaisers erkennt man sogleich den Kaiser Sigismundum; als König wurde der ebenfalls beim Koncilio anwesende römische König Albertus I abgebildet. — Auch die über den Gemälden angebrachten Reime gehören jener Zeit an, wie Sprache und Dichtkunst verrathen. Sie sind den Originalen buchstäblich getreu hier abgedruckt.

à Holbein. Mais on a reconnu que c'était une erreur. Quelques auteurs ont aussi pensé que la célèbre danse des morts de Bâle n'était qu'une reproduction améliorée de celle qui se trouvait au Klingenthal; cependant on n'a pas pu prouver qu'une peinture de ce genre ait réellement existé au Klingenthal, ou si elle existait elle n'était probablement qu'une copie de celle de Bâle.

Ce qu'il y a de plus remarquable dans la danse des morts, c'est que toutes les personnes qui y sont représentées, portent les costumes de l'époque. Dans la figure du pape on retrouve le portrait fidèle de Félix V, élu prince de l'Église, en remplacement du pape Eugène; dans celle de l'empereur, les traits de l'empereur Sigismond; enfin dans celle du roi le portrait du roi romain, Albert Ier, qui se trouvait aussi à Bâle. Les rimes placées au-dessus des peintures sont également de la même époque : le langage et le genre de poésie le prouvent. Nous les avons fidèlement reproduits d'après les originaux.

Lorsqu'au bout d'une série d'années, les cou-

Als der Todtentanz jedoch nach langjährigem Bestande zu erbleichen anfing, beschloß der löbliche Magistrat der Stadt im Jahr 1568, denselben, unbeschadet des Originals, erneuern zu lassen. Dies geschah durch den ausgezeichneten Maler Hans Hugo Klauber, Bürger zu Basel. — Da aber an der Mauer, worauf der Todtentanz abgebildet, noch Raum frei war, so ließ man zum Gedächtniß der im Jahr 1529 siegreich hervorge= gangenen Reformation das Bildniß des gottseligen und gelahr= ten Mannes Oecolampadii auch darauf malen, um damit anzudeuten, wie er allen Ständen das heilige Evangelium ge= predigt in brüderlich christlicher Gleichheit, wie der Tod endlich auch alle Stände brüderlich gleich in der Gruft vereine. Nach Beendigung der Renovation fand der Maler auch noch Raum genug, sich selbst mit Weib und Kind abzubilden. Noch meh= rere Male nachher wurden die Gemälde erneuert: in den Jah= ren 1616, 1658 und 1703. Als sie aber im Jahre 1805 sehr beschädigt und die Mauer selbst, worauf der Todtentanz abge= bildet, des Platzes nicht mehr werth befunden wurde, ließ man dieselbe abtragen. Nur einige der am besten erhaltenen Stücke wurden vom gänzlichen Untergang gerettet und sind auf der Universität in Basel zu sehen. Der Platz aber, worauf der Todtentanz gestanden, ist in einen schönen und angenehmen

leurs commencèrent à pâlir, le magistrat de Bâle décida, en 1568, que cette peinture serait restaurée, et il en chargea un peintre distingué, nommé Jean-Hugo Klauber, bourgeois de Bâle. Comme il restait de la place vacante sur le mur, on fit ajouter, en mémoire du triomphe de la réforme, le portrait du savant et pieux Œcolampade, pour indiquer comment il avait prêché, sans distinction de classe, l'Évangile aux hommes de tous états, et comment la mort réunissait fraternellement dans une tombe commune les hommes de tous rangs. Lorsque cette restauration fut achevée, le peintre trouva encore assez de place sur le mur pour y ajouter son portrait et ceux de sa femme et de son enfant. D'autres restaurations eurent encore lieu en 1616, en 1658 et en 1703. Mais en 1805 le mur étant tombé en ruine, on le fit abattre, et quelques-unes des meilleures parties furent seules transportées à la bibliothèque de Bâle, pour être préservées d'une complète destruction. La place où se trouvait la danse des morts a été convertie en une belle promenade, mais elle a conservé son nom lugubre.

Spaziergang umgewandelt, trägt jedoch von seiner alten Be=
rühmtheit noch den traurig klingenden Namen.

Georg Scharffenberg, ein berühmter Formschneider, ist
der Verfertiger dieser Holzschnitte, die derselbe durch Vermit=
telung seines Freundes Hans Hugo Klauber getreu nach
dem Originale im Jahre 1576 kopirte, welche Jahreszahl auch
auf dem letzten Gemälde dieses Werkes mit seinem Namen und
gewöhnlichen Monogramm zu sehen ist [1].

Da nun diese Abbildung — eine andere wurde erst gegen die
Mitte des 17ten Jahrhunderts von Matthäus Merian,
einem geschickten Kupferstecher, kopirt und herausgegeben —
die erste und getreueste nach dem Original des berühm=
ten Todtentanzes ist, der später noch in vielen andern Städten
nachgebildet wurde, so glauben wir durch diese neue Ausgabe
dem Publikum eine angenehme Gabe darzubringen.

[1] Siehe François Brulliot, *Dictionnaire des monogrammes*,
n° 1103.

Basel, 1843.

Der Verleger, **Mähly=Lamy.**

George Scharffenberg, célèbre modeleur, a gravé les planches en bois que nous reproduisons ici. Il les a copiées fidèlement en 1576, avec l'assistance de son ami *Jean-Hugo Klauber*. Cette date est inscrite avec son nom et le monogramme habituel sur la dernière planche[1].

Ces planches étant les premières et les plus exactes copies de la célèbre danse des morts (une autre copie, mais seulement faite vers le milieu du dix-septième siècle, a été publiée par l'habile graveur sur cuivre, *Matthieu Mérian*), telle qu'elle était originairement, et qui fut reproduite plus tard dans beaucoup d'autres villes, nous croyons que le public accueillera avec faveur cette nouvelle édition.

[1] Voir le *Dictionnaire des monogrammes de* FRANÇOIS BRULLIOT, nº 1103.

Bâle, 1843.

L'éditeur, MÆHLI-LAMY.

Todten=Tanz

der Stadt Basel

auf der Predigern Kirchhof.

Warnung Esajä am 40. Capitel.

Es spricht der Prophet Esajas,
 Daß alles Fleisch ist Heu und Gras,
Sein Schöne, wie die Blum im Feld,
 Das Gras verdorrt, die Blum wird welk:
Vergleicht s'Volk dem Gras auf der Heyd,
 Wenns Herren Athem sie anwayt,
Die Blum verreißt, das Gras verdorrt,
 Doch bleibt in Ewigkeit sein Wort.

Trost des Jobs am 19. Capitel.

Ich weiß, daß mein Heiland thut leben,
 Christus, der mir hat s'Leben geben,
Wird mich aus der Erden erwecken,
 Mein Gebein mit der Haut bedecken:
Und wird mein Fleisch Gott leben sehen,
 Mit meinen Augen wirds beschehen.

Ein anders Trost=Sprüchlein.

Was lebt, das stirbt durch Adams Noth:
 Was stirbt, das lebt durch Christi Tod.

DANSE DES MORTS

DE LA VILLE DE BALE

AU CIMETIÈRE DES PRÉDICATEURS.

— ⟶⟨•⟩ —

O Mensch betracht,   Und nicht veracht
  Hie die Figur,   All Creatur,
Die nimmt der Tod   Frühe und spoht,
  Gleich wie die Blum   Im Feld vergoht.

———————

Mortel, avec respect contemple ta peinture :
Tels sont ces corps hideux, tel tu seras enfin ;
Ainsi la fleur des champs qui fleurit au matin
Le soir n'est plus qu'un foin aride et sans figure.

— ⟶⟨•⟩⟵ —

Der Prediger spricht (Dan. 12):

Viel aus den, die im Staub der Erden
Schlafen, die sollen wieder werden
Erwachen: Ein Theil ewig leben,
Dem andern Theil will er geben
Ein hart Urtheil zu ew'ger Schmoch:
Die müssen aber kommen hoch,
Welch andere haben bericht fein,
Werden glänz'n wie des Himmels Schein.

LE PRÉDICATEUR,

prenant pour texte Daniel (chapitre 12).

Lorsque l'ange de la vie
Viendra dire aux trépassés :
«La promesse est accomplie
«Fils des hommes, paraissez!»
Alors, se levant en masse,
On verra l'humaine race
Renaître sur ses tombeaux,
Et d'un mouvement rapide,
Avec l'ange qui la guide
Transportée aux lieux très-hauts.

Vom Jüngsten Gericht.

Wer diese Figur schauet an,
   Sie sind jung, alt, Weib oder Mann,
Sollen betrachten, daß wie der Wind,
   Alle Ding unbeständig sind.

Doch wiß ein jeder Mensch gar eben,
   Nach dieser Zeit ist auch ein Leben,
Das steht in Freuden oder Pein,
   Ein jeder lug, wo er wöll hin.

LE JUGEMENT DERNIER.

Jeunes ou vieux, qui voient cette figure
Faut observer que dans la nature
   Tout est inconstant
   De même que le vent.

Mais souvenez vous : qu'après ce temps
Il y a encore une autre vie
Où aux malins sera le frémissement
Aux religieux du Seigneur l'appui.
Voyez donc et choisissez :
La terreur de l'enfer ou du ciel la félicité.

Der Tod zum Pabst.

Kommt, heiliger Vater, werther Mann,
Ein Vortantz müßt ihr mit mir han:
Der Ablaß euch nicht hilft darvon,
Das zweifach Creutz und dreyfach Cron.

Der Pabst.

Heilig war ich auf Erd genannt,
Ohn Gott der Höchst führt ich mein Stand:
Der Ablaß thät mir gar wohl lohnen,
Noch will der Tod mein nicht verschonen.

LA MORT AU PAPE.

Saint-Père, c'est à vous à commencer la danse ;
Je veux que le premier on vous voie avancer ;
Ni tiare, ni croix, ni le droit d'indulgence.
De ce pas décisif ne peuvent dispenser.

LE PAPE.

Pontife indépendant et fier de ma puissance,
Régnant au nom de Dieu, je gouvernais sans lui ;
Je vendais à haut prix des lettres de dispense....
Ah! que ne peut la mort m'en vendre une aujourd'hui !

Der Tod zum Kayser.

Herr Kayſer mit dem grauen Bart,
    Euer Reu habt Ihr zu lang geſpart,
Drum ſperrt Euch nicht, Ihr müßt darvon,
    Und tantz'n nach meiner Pfeiffen Ton.

Der Kayſer.

Ich konnte das Reich gar wohl mehren
    Mit Streiten, Fechten, Unrecht wehren:
Nun hat der Tod überwunden mich,
    Daß ich bin keinem Kayſer gleich.

LA MORT A L'EMPEREUR.

Vous avez trop longtemps , Seigneur à barbe grise ,
   Ajourné votre repentir,
Allons , disposez-vous il n'est plus de remise,
Et mon fifre discord vous invite à partir.

L'EMPEREUR.

Je pouvais , en héros , agrandir mon empire,
Protéger et venger l'humble à qui l'on fait tort ;
Mais au comble arrivé , tout mon pouvoir expire ;
Suis-je encore empereur ? je ne suis plus qu'un mort.

Der Tod zur Kayserin.

Ich tanz euch vor, Frau Kayserin,
 Springen hernach, der Tanz ist mein:
Euer Hofleut sind von euch gewichen,
 Der Tod hat euch hie auch erschlichen.

Die Kayserin.

Viel Wollüst hat mein stolzer Leib,
 Ich lebt als eines Kaysers Weib:
Nun muß ich an diesen Tanz kommen,
 Mir ist all Muth und Freud genommen.

LA MORT À L'IMPÉRATRICE.

Vos courtisans ont fui ; nul d'entr'eux, ce me semble,
Ne s'approche de vous pour vous offrir la main :
Acceptez donc la mienne, et puis, dansons ensemble ;
Mon bal a commencé, vous le mettrez en train.

L'IMPÉRATRICE.

J'ai passé tous mes jours au sein de la mollesse,
Femme d'un empereur j'ai vécu pour jouir ;
Puis la mort à son bal m'invite, elle me presse....
Je sens, à son aspect, tout mon cœur défaillir.

Der Tod zum König.

Herr König, Euer G'walt hat ein End,
Ich führ euch hie bei meinen Händ,
An diesen dürren Bruder-Tanz,
Da gibt man Euch des Todes Kranz.

Der König.

Ich hab gewaltiglich gelebt,
Und in hohen Ehren geschwebt:
Nun bin ich in des Todes Banden,
Verstricket sehr in seinen Handen.

LA MORT AU ROI.

Il n'est point ici-bas de puissance éternelle,
Sire roi, venez donc, appuyé sur mon bras,
Venez vite grossir la bande fraternelle
Où, le front dépouillé, dansent les potentats.

LE ROI.

J'ai vécu redouté, puissant autant que brave,
Et sous mon joug d'airain haletait l'univers;
Il est libre à présent, et je deviens esclave;
De la puissante mort je vais porter les fers.

Der Tod zur Königin.

Frau Königin, euer Freud ist aus,
　　Springen mit mir ins Todtenhaus,
Euch hilft keine Schöne, Gold noch Gelt,
　　Ich spring mit euch in jene Welt.

Die Königin.

O weh und ach! O weh und immer,
　　Wo ist jetzund mein Frauenzimmer,
Mit denen ich hat Freuden viel:
　　O Tod! thu g'mach, mit mir nicht eil.

LA MORT A LA REINE.

Reine, le temps des jeux est passé sans retour;
Il faut m'accompagner dans les demeures sombres;
Vos attraits, vos joyaux et vos flatteurs de cour
Ne doivent point vous suivre au rendez-vous des ombres.

LA REINE.

Hélas! l'heure est venue, il faut quitter la vie;
De tout ce que j'aimais il faut me départir;
O mort! plus doucement, du répit, je t'en prie;
Laisse-moi vivre assez pour apprendre à mourir.

Der Tod zum Cardinal.

Spring auf mit dem rothen Hut,
    Herr Cardinal, der Tanz ist gut:
Wohl gesegnet habt ihr die Leyen,
    Ihr müßt auch jetzund an den Reyhen.

Der Cardinal.

Ich ware mit Päbstlicher Wahl
    Der heiligen Kirchen Cardinal:
Die Welt hielt mich in grossen Ehren,
    Noch mag ich mich s'Tods nicht erwehren.

LA MORT AU CARDINAL.

Votre barrette rouge eut des droits dans le monde ;
Mais où je vous conduis, chacun est votre égal ;
Ceux que vos doigts levés bénissaient à la ronde
Vont danser avec vous, Monsieur le cardinal.

LE CARDINAL.

Je devins cardinal par le choix du Saint-Père ;
Le monde sur ma tête entassa les honneurs ;
N'importe, il faut mourir ! mourir, lorsque j'espère
Monter en moins d'un an au faîte des grandeurs !

Der Tod zum Bischoff.

Euer Würde hat sich verkehrt,
　　Herr Bischoff weis und wohl gelehrt:
Ich will euch in den Reyhen ziehen,
　　Ihr mögen dem Tod nicht entfliehen.

Der Bischoff.

Ich bin gar hoch geachtet worden,
　　Dieweil ich lebt in Bischoffs-Orden:
Nun ziehen mich die Ungeschaffnen
　　In ihren Tanz als einen Affen.

LA MORT A L'ÉVÊQUE.

En vain à mon pouvoir Votre Grandeur s'oppose;
A qui de mes arrêts pourriez-vous appeler?
Allons, résignez-vous à la métamorphose:
Au dernier de vos clercs vous allez ressembler.

L'ÉVÊQUE.

Je portais, plein d'orgueil, la crosse épiscopale,
Ma gravité sévère imposait aux humains;
Terrible changement! une troupe infernale
Fait danser comme un fou l'égal des souverains.

Der Tod zum Herzog.

Habt ihr mit Frauen hoch gesprungen,
  Stolzer Herzog, ists euch wohl g'lungen:
Das müßt ihr an dem Reyhen büssen,
  Wohl her, g'lust euch die Todt'n zu grüssen.

Die Herzogin.

Ach Gott! der armen Lauten Ton,
  Muß ich mit dem Greuling darvon!
Heut Herzogin und nimmer meh,
  Ach Angst und Noth, O weh! O weh!

LA MORT AU DUC.

Les belles vous aimaient; dans leurs danses légères,
Dans leurs folâtres jeux qui brillait plus que vous?
Venez d'un autre bal connaître les mystères;
Les objets de vos feux un jour y seront tous.

LA DUCHESSE.

Ce monstre, dont la main ose outrager la lyre,
Quoi! c'est lui qui me sert de page et d'écuyer!
Duchesse hier, des rois ont brigué mon sourire....
Aujourd'hui ce fantôme est mon seul chevalier.

Der Tod zum Grafen.

Herr Graf, gebt mir das Bottenbrod,
Es zeucht euch hin der bitter Tod:
Laßt euch nicht reuen Weib und Kind,
Ihr müßt tanzen mit diesem G'find.

Der Graf.

In dieser Welt ward ich bekannt,
Darzu ein edler Graf genannt:
Nun bin ich von dem Tod gefällt,
Und her an diesen Tanz gestellt.

LA MORT AU COMTE.

Comte, je vous annonce une étrange disgrace :
Il faut venir danser où dansent vos vassaux,
Que sert de rappeler l'éclat de votre race?
Là-bas tout est roture, et les morts sont égaux.

LE COMTE.

«Noble Comte!» — me dit le vassal qui s'incline ;
Mon nom est répandu, les livres en sont pleins ;
Mais le comte, en dépit de sa noble origine,
Vilain, ira danser avec d'autres vilains.

Der Tod zum Abbt.

Herr Abbt, ich zieh euch die Onfel ab,
  Deßhalb nutzt euch nicht mehr der Stab:
Sind ihr g'wesen ein guter Hirt,
  Hie euer Schaaf, die Ehr euch wird.

Der Abbt.

Ich hab mich als ein Abbt erhebt,
  Und lang in hohen Ehren g'lebt:
Auch satzt sich niemand wider mich,
  Dennoch bin ich dem Tode gleich.

LA MORT A L'ABBÉ.

Sire abbé, dépouillez cette riche parure ;
  Si vous avez fidèlement
A tout votre troupeau donné la nourriture ,
Son salut dans le ciel sera votre ornement.

L'ABBÉ.

En véritable Abbé j'ai vécu, je l'espère ;
Grossissant de mon mieux le trésor du couvent ;
Sévère sur mes droits , du reste bon vivant :
Pourquoi donc m'interrompre en train de si bien faire ?

Der Tod zum Edelmann.

Nun kommet her, ihr Edler Degen,
   Ihr müſſet hier der Mannheit pflegen,
   Mit dem Tod, der niemand verſchont,
   Geſegnet euch, ſo wird euch g'lohnt.

Der Edelmann.

Ich hab gar manchen Mann erſchreckt,
   Der mit dem Harniſch war bedeckt:
   Nun ficht mit mir der grimme Tod,
   Und bringt mich gar in groſſe Noth.

LA MORT AU GENTILHOMME.

Relevez donc, seigneur, ce glaive formidable,
Montrez-vous homme encore, et défendez vos droits.
Vain effort! vous allez, châtelain redoutable,
Recevoir sans délai le prix de vos exploits.

LE GENTILHOMME.

Maint brave enharnaché d'une armure pesante
Succombant sous mes coups, a demandé quartier;
Mais le nouveau champion qui vient me défier
Terrasse sans effort ma bravoure impuissante.

Der Tod zur Edelfrau.

Vom Adel, Frau, laßt euer pflantzen,
　Ihr müsset jetzt hie mit mir tantzen,
　Ich schon nicht euers geelen Haar:
　Was seht ihr in dem Spiegel klar?

Die Edelfrau.

O Angst und Noth, wie ist mir b'schehen!
　Den Tod hab ich im Spiegel g'sehen:
　Mich hat erschreckt sein greulich G'stalt,
　Daß mir das Hertz im Leib ist kalt.

LA MORT A LA DAME.

Eh ! que me font à moi ton rang et tes aïeux,
Tes traits nobles et fins, l'or de tes blonds cheveux?
Tout est fini pour toi. Regarde cette glace :
De ton minois charmant reconnais-tu la grace?

LA DAME.

O terreur ! qu'ai-je vu? Découverte cruelle !
Signe horrible et certain qui me prédit mon sort !
En vain à ce miroir autrefois si fidèle
Mes traits montrent la vie.... Il réfléchit la mort !

Der Tod zum Juriften.

Es hilft da kein Fund noch Hofieren,
Kein Aufzug oder Appellieren:
Der Tod zwinget alle Geschlecht,
Darzu Geistlich und weltlich Recht.

Der Jurist.

Von Gott all Recht gegeben sind,
Wie man die in den Büchern findt,
Kein Jurist soll dieselbig biegen,
Die Lug hassen, die Wahrheit lieben.

LA MORT AU JURISCONSULTE.

Cherchez dans les détours de la jurisprudence
S'il est quelque secret pour éluder mes lois
L'arrêt est sans appel ; vous viendrez à ma danse :
De plus savants que vous ont reconnu mes droits.

LE JURISCONSULTE.

C'est de moi seul, dit Dieu, que vient toute justice,
Inflexible au méchant, à l'opprimé propice ;
Le juge sur ma loi toujours se réglera.
— L'ai-je fait ? Dieu le sait, et Dieu me jugera.

Der Tod zum Rathsherren.

Sind ihr ein Herr g'wesen der Stadt,
     Den man im Rath gebrauchet hat?
Habt ihr wol g'rathen, ists euch gut,
     Wird euch auch abziehen euern Hut.

Der Rathsherr.

Ich hab mich g'flissen Tag und Nacht,
     Daß der G'mein Nutz werde betracht,
Sucht Reich und Armer Nutz und Ehr,
     Was mich gut dunckt, macht ich das mehr.

LA MORT AU MAGISTRAT.

Je viens de dépouiller.... mais au magistrat sage
Qui fit régner la loi, proscrivit les abus,
La mort peut enlever, à titre de péage,
Sa toge et ses honneurs, et non pas ses vertus.

LE MAGISTRAT.

     La publique félicité.
Fut l'objet de mes soins; ma principale affaire;
J'ai fait ce que j'ai pu, la divine bonté
Rendra compte à chacun du bien qu'il voulut faire.

Der Tod zum Chorherren.

Herr Chorherr habt ihr g'sungen vor
Viel süß Gesang in euerm Chor:
So merken uff, der Pfeiffen Schall
Verkündet euch des Todes Fall.

Der Chorherr.

Ich sange als ein Chorherr frey
Von Stimmen manche Melodey,
Des Todes Pfeiff ist dem ungleich,
Sie hat so sehr erschrecket mich.

LA MORT AU CHANOINE.

De sons harmonieux son oreille nourrie
Espère encore goûter d'agréables accords ;
Mais de mon sifflet entend les sons discords :
Ce sera désormais ta seule mélodie.

LE CHANOINE.

Jour et nuit de mes chants la grave mélodie
Remplissait le saint lieu du nom du roi des rois ;
La mort va terminer mes chants avec ma vie,
Et son aigre sifflet déjà couvre ma voix.

Der Tod zum Doctor.

Herr Doctor b'schaut die Anatomey
An mir, ob sie recht g'macht sey,
Dann du hast manchen auch hing'richt,
Der eben gleich, wie ich jetzt, sicht.

Der Doctor.

Ich hab mit meinem Wasserb'schauen
Geholffen beyde Mann und Frauen:
Wer b'schaut mir nun das Wasser mein,
Ich muß jetzt mit dem Tod dahin.

LA MORT AU MÉDECIN.

Des morts dont vos talents ont peuplé mon empire
Mon squelette mouvant vous offre tous les traits;
Leur corps du corps humain vous apprit les secrets :
Quelque jour sur le vôtre on pourra s'en instruire.

LE MÉDECIN.

Les deux sexes chez moi venaient avec mystère
M'apporter certaine eau qui m'apprenait leur mal ;
Qui voudra voir la mienne, et me tirer d'affaire? —
Hélas! il est trop tard : voici l'instant fatal.

Der Tod zum Kauffmann.

Herr Kaufmann, laſſet euer Werben,
Die Zeit iſt hie, ihr müſſen ſterben:
Der Tod nimmt weder Geld noch Gut,
Nun tanzen her mit freyem Muth.

Der Kauffmann.

Ich hab mich z'leben verſorgt wohl,
Küſten und Käſten waren voll,
Der Tod hat meine Gab verſchmacht,
Und mich um Leib und Leben bracht.

LA MORT AU MARCHAND.

Croyez-vous à prix d'or que vous m'engagerez
A vous vendre un seul jour, un quart d'heure de vie?
Reprenez ce métal ; en vain vous me l'offrez :
Vous êtes le seul bien qui peut me faire envie.

LE MARCHAND.

Fier de mon savoir-faire, et rempli d'allégresse,
Je comptais chaque jour l'or de mon coffre-fort,
Et je disais : Que craindre avec tant de richesse?
Mais c'est compter bien mal que compter sans la mort.

Der Tod zur Aeptißin.

Gnädige Frau Aeptißin rein,
    Wie habt ihr so ein Bäuchlein klein:
Doch will ich euch das nicht verweisen:
    Ich wolt mich eh in Finger beissen.

Die Aeptißin.

Ich hab gelesen aus dem Psalter
    In dem Chore vor dem Fronalter:
Nun will mich helffen hie kein Betten,
    Ich muß hie dem Tod auch nachtretten.

LA MORT A L'ABBESSE.

Dites-nous, dame abbesse, honneur du monastère,
D'où vient cet embonpoint qui semble vous gêner?
Je ne veux rien imaginer:
Mais enfin pour jamais je vais vous en défaire.

L'ABBESSE.

Au pied du saint autel, dans un pieux accord,
Les vierges du seigneur et moi-même à leur tête,
Nous chantions tous les jours les hymnes du prophète.
Oh! si ces chants divins pouvaient fléchir la mort!

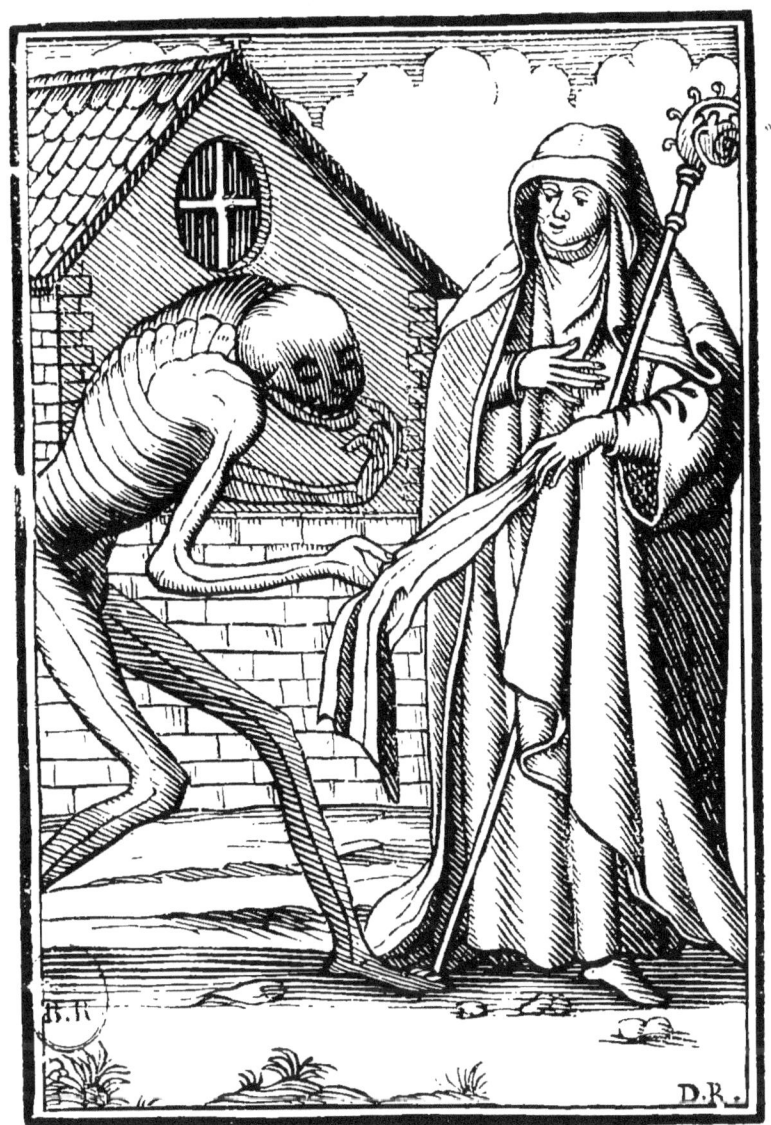

Der Tod zum Waldbruder.

Bruder, komm du aus deiner Klaus,
    Halt still, ich lösch dir das Liecht aus:
Drum mach dich mit mir auf die Fahrt
    Mit deinem weissen langen Bart.

Der Waldbruder.

Ich hab getragen lange Zeit
    Ein härin Kleid, hilft mir jetzt nit:
Bin nicht sicher in meiner Klaus,
    Die Stund ist hie, mein G'bätt ist aus.

———————

LA MORT A L'ERMITE.

Bon ermite, si tard, loin de votre chapelle,
Une lanterne en main, où portez-vous vos pas?
Vous n'irez pas bien loin; j'éteins votre chandelle,
Et m'en vais vous conduire où vous ne pensez pas.

L'ERMITE.

Ma cellule, disais-je, obscure et solitaire;
Est sûre. — Vain espoir! où n'entre pas la mort?
Et que me sert encore d'avoir porté la haire?
Pourrai-je avec ma haire apaiser le Dieu fort?

Der Tod zum Jüngling.

Jüngling wo wilt du hin spazieren,
Ein andern Weg will ich dich führen,
Allda wirst du dein Buhlschaft finden:
Das thu ich dir jetzund verkünden.

Der Jüngling.

Mit schlemmen, demmen und mit praffen,
Des Nachts hofieren auf der Gaffen,
Darinn hab ich mein Muth und Freud,
Gedacht wenig an den Abscheyd.

LA MORT AU JEUNE HOMME.

Holà, jeune homme, arrête; où vas-tu de ce pas?
Rire, chanter, danser, et courtiser les femmes?
Laisse aux vivants le soin de divertir les dames,
Et dans un autre lieu viens prendre tes ébats.

LE JEUNE HOMME.

Grand rieur, grand buveur, et cher aux demoiselles,
J'ai de tous les plaisirs pris une double part;
Mais parmi les festins et les faveurs des belles,
Qui va songer, hélas! à l'heure du départ?

Der Tod zur Jungfrauen.

Ach Jungfrau, euer rother Mund,
    Wird bleich jetzund zu dieser Stund:
Ihr sprungen gern mit jungen Knaben,
    Mit mir müßt ihr ein Vortanz haben.

Die Jungfrau.

O weh! wie greulich hast mich g'fangen,
    Mir ist all Muth und Freud vergangen:
Zu tantzen g'lust mich nimmermeh,
    Ich fahr davon, Ade, Ade.

LA MORT A LA JEUNE FILLE.

La pâleur se répand sur votre beau visage ;
Jeune fille, il est temps : disposez votre cœur ;
On briguait votre main aux bals du voisinage ;
Vous n'aurez désormais que moi seul pour danseur.

LA JEUNE FILLE.

Monstre horrible, ta main glacée
Fait passer le frisson jusqu'au fond de mon cœur.
Quoi! mon bonheur a fui! quoi! ma vie est passée!
O souvenirs amers! o regrets! o douleur!

Der Tod zum Wucherer.

Dein Gold und Geld sihe ich nicht an,
Du Wucherer und gottloß Mann:
Christus hat dich das nicht gelehrt,
Ein schwartzer Tod ist dein Gefährdt.

Der Wucherer.

Ich fragt nicht viel nach Christi Lehr,
Mein Wucher der trug mir viel mehr:
Jetzt bleibt der Leyden all dahinden,
Was hilft mein Schaben und mein Schinden.

LA MORT A L'USURIER.

Infame usurier, âme vile,
Est-ce ainsi que tu suis la loi de l'Évangile?
Reprends, reprends ton or, et de ce pas, voleur,
Suis les traces d'un guide aussi noir que ton cœur.

L'USURIER.

Je me souciais peu de cette loi sévère;
Je disais : mon métier produit plus et vaut mieux;
Et maintenant il faut laisser tout sur la terre....
Que me sert désormais ce commerce odieux?

Der Tod zum Kilbepfeiffer.

Was wollen wir für ein Tänzle haben,
Den Bättler oder schwarzen Knaben,
Mein Kilbehans, Spiel wär nicht ganz,
Wärst du auch nicht an diesem Tanz.

Der Kilbepfeiffer.

Kein Kilb war mir Wegs halb zu weit,
Davon ich nicht hab bracht mein Beüt:
Nun ists aus, weg muß ich mit Noth,
Die Pfeiff ist g'fallen mir ins Koth.

LA MORT AU MÉNÉTRIER.

Ça, quel air allons-nous jouer?
Quoi? la chanson du *Gueux,* ou l'air du *Pot qui danse?*
Mais le jeu ne vaut rien, il le faut avouer,
Si tu n'y viens sauter pour marquer la cadence.

LE MÉNÉTRIER.

Il n'était point de fête où, malgré la distance,
On ne me vit porter mon instrument joyeux;
Adieu tous mes profits ! Sa bruyante cadence
Ne doit plus animer les danses ni les jeux.

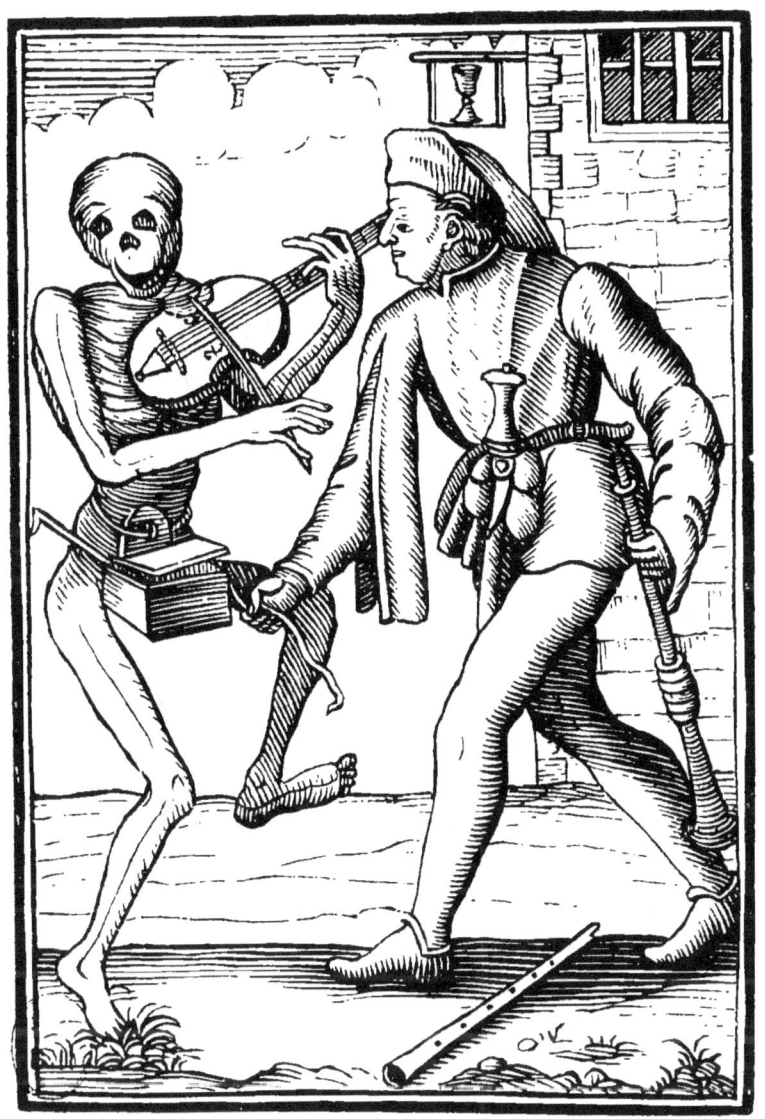

Der Tod zum Schultheiß.

Herr Schultheiß auf, dann es ist Zeit,
    Daß Leib und Seel mit einander streit:
Das thu ich auf der Leyren singen,
    Dem Lieblein mögen ihr nachspringen.

Der Schultheiß.

Mein Ampt ich hab mit Fleiß versehen,
    Hoff es sey niemand unrecht b'schehen,
Am G'richt, dem Reichen wie dem Armen.
    O Gott du wöllst dich mein erbarmen!

LA MORT AU MAIRE.

Maire, voici l'instant où l'âme délivrée
Brise des fers honteux et sort de sa prison :
De ma lyre funèbre entends le grave son
T'annoncer l'heure désirée.

LE MAIRE.

J'ai chéri mes devoirs, et, d'une main loyale,
J'ai tâché de tenir une balance égale
Entre le riche et l'indigent :
Puisse pour mes erreurs mon juge être indulgent !

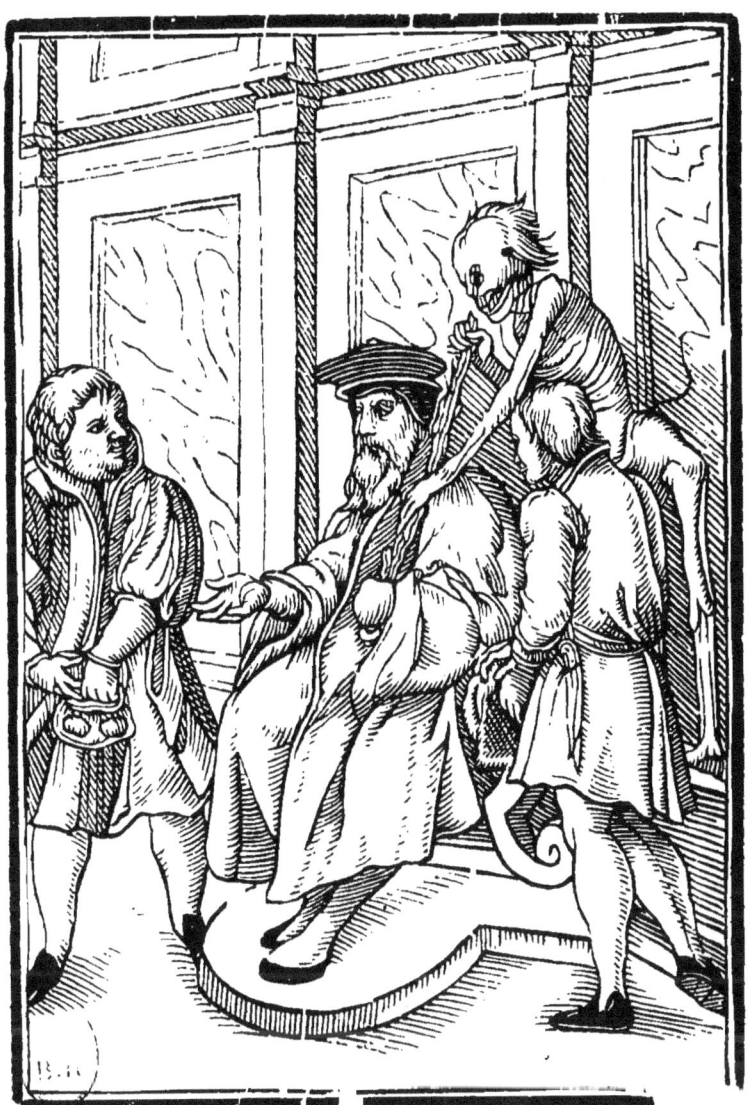

Der Tod zum Narren.

Wohlauff Heine, du must jetzt springen,
  Schürtze dich auf, und laß dir lingen;
Dein Kolben magst jetzt wohl lan bleiben,
  Mein Tantz wird dir den Schweiß austreiben.

Der Narr.

O weh! ich wolt gern Holtz auftragen,
  Und allweg viermahl werden g'schlagen
Vom Herren mein, und seinen Knechten,
  So muß ich mit dem Dürrling fechten.

LA MORT AU BOUFFON.

Tu te plais à sauter : eh bien ! saute, bouffon ;
Mon jeu : ferait suer le fou le plus agile ;
Mais laisse pour toujours ta marotte inutile :
Tes farces parmi nous ne sont plus de saison.

LE BOUFFON.

Oh ! que j'aimerais mieux n'être qu'un pauvre diable,
Porter de lourds fardeaux, être chargé de coups,
Que de suivre ce monstre à face épouvantable,
Qui ne respecte rien, non pas même les fous !

Der Tod zum Krämer.

Wohlher Krämer du Groscheneyer,
  Du Leuth-b'scheisser und Gassenschreyer,
Du must jetzmahls mit mir darvon,
  Dein Hümpelkram eim andern lohn.

Der Krämer.

Ich bin gezogen durch die Welt,
  Und hab gelößt allerley Geldt,
Viel Thaler, Müntz, Kronen und Gulden:
  O Mord, wer zahlt mir jetzt die Schulden.

LA MORT AU MERCIER.

Depuis assez longtemps, docteur en tricherie,
Avec tes riens brillants tu cours par le pays;
Laisse à ton concurrent qui meurt de jalousie
Ton industrie et tes profits.

LE MERCIER.

O combien cette mercerie
Dans mes habiles mains aurait fructifié!
O mort! attends du moins, attends, je t'en supplie,
Que mes débiteurs m'aient payé!

Der Tod zum blinden Mann.

Dein Wegzeiger schneid ich dir ab,
    Tritt sittlich, fallst mir sonst ins Grab,
Du armer blinder alter Stock,
    In deinem bösen bletzten Rock.

Der blinde Mann.

Ein blinder Mann, ein armer Mann,
    Sein Muß und Brod nicht g'winnen kan,
Kont nicht ein Tritt gehn ohn mein Hund,
    Gott sey g'lobt, daß hie ist die Stund.

LA MORT A L'AVEUGLE.

Pauvre aveugle en haillons, d'un coup de mes ciseaux,
Je vais te priver de ton guide;
Prends garde maintenant, prends bien garde, invalide:
La mort devant tes pas a tendu ses panneaux.

L'AVEUGLE.

Plaignez l'homme qui perd la vue :
Sans ami, sans gîte et sans bien,
Qu'on lui prenne son pauvre chien,
La mort sera la bien-venue.

Der Tod zum Juden.

Huhum Jud, mach dich auf die Fahrt,
    Deines Meßiä hast zu lang g'wart;
Christus, welchen ihr habt ermördt,
    War der recht, ihr habt lang geirrt.

Der Jud.

Ein Rabbi war ich der Geschrifft,
    Zog aus der Bibel nur das Gifft:
Gar wenig nach Meßiam tracht,
    Hat mehr auf Schätz und Wucher acht.

LA MORT AU JUIF.

Malheureux juif, hâte-toi de me suivre !
Ton peuple ôta du nombre des vivants
Celui par qui tout homme doit revivre :
Viens, ton erreur a duré trop longtemps.

LE JUIF.

Maître et docteur dans la Sainte-Écriture
Dont je n'ai su pour moi tirer que du venin
Je m'occupai beaucoup d'une coupable usure,
Et fort peu du sauveur promis au genre humain.

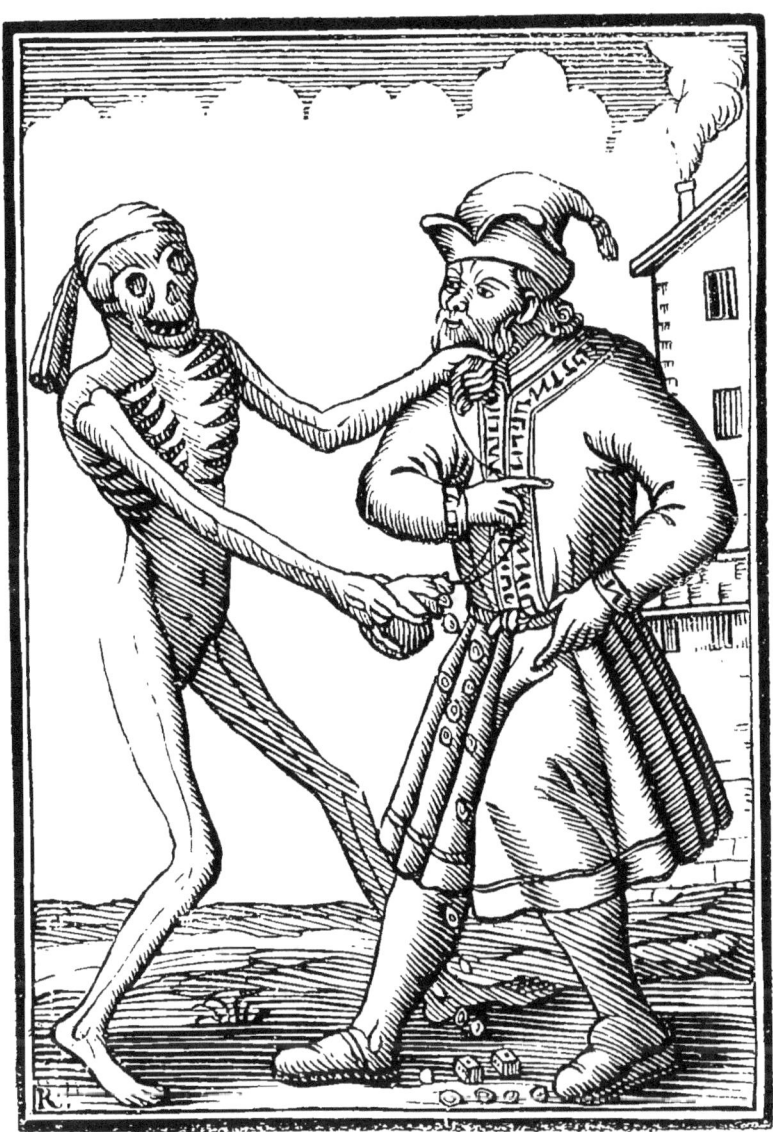

Der Tod zum Heyden.

Komm falscher Heyd und gottloß Mann,
Dein Abgott dir nicht helffen kann:
Den Teuffel hast für Gott geehrt,
Derselb hat dein Gebett erhört.

Der Heyd.

Jupiter, Neptunus und Pluton,
Ihr höchsten Götter wolt mich nicht lohn;
Wann ihr all drey seyd unsterblich:
Saturnus wollst erbarmen dich.

LA MORT AU PAYEN.

Viens, malheureux payen, incrédule pervers!
Insensé sous des noms divers
Tu n'as adoré que le diable,
Et lui seul a reçu la prière exécrable.

LE PAYEN.

Jupiter, Mars, Neptune, et toi, dieu sombre et triste,
Pluton! Si par bonheur vous êtes immortels,
Accourez, défendez l'ami de vos autels!
Si vous ne l'êtes pas, que Saturne m'assiste.

Der Tod zur Heydin.

Ich kau, Heydin, fein artlich greiffen
Ein Todten - Lied auf der Sackpfeiffen,
Dem mußt nachtantzen wie dein Mann,
Rüffest du schon alle Götter an.

Die Heydin.

Juno, Venus und auch Pallas,
Euch Göttin laßt erbarmen, daß
Ich sterben muß, helfft mir aus Noth,
Kein Segen hilffet für den Tod.

LA MORT A LA PAYENNE.

Ma musette, je crois, n'est pas sans harmonie ;
D'un joli chant de mort je te puis amuser ;
Viens danser sur mes pas et sans cérémonie ;
Tous les dieux que tu sers n'en peuvent dispenser.

LA PAYENNE.

Junon, Vénus, Pallas, divinités nombreuses!
Accourez, montrez-moi dans ces cruels instants
Si j'ai bien adressé mes offrandes pieuses,
Ou si j'ai perdu mon encens.

Der Tod zum Koch.

Komm her Hanß Koch, du must darvon,
   Wie bist so feißt, du kanst kaum gohn:
Hast du schon kocht viel süsser Schleck,
   Wird dir jetzt saur, du must hinweg.

Der Koch.

Ich hab kocht Hüner, Gäns und Fisch,
   Meim Herren vielmal über Tisch,
Wildprät, Pastet und Marciban:
   O weh meins Bauchs, ich muß darvon!

LA MORT AU CUISINIER.

Viens ça, massive créature,
Sur les pas de la mort traîner ton corps épais;
Aux lieux où les gourmands font fort sotte figure
Tu vas goûter d'un sort moins doux que tes banquets.

LE CUISINIER.

Soigneux de bien nourrir mes hôtes et moi même,
De leur ventre et du mien je m'étais fait un dieu;
Mais la mort va bientôt m'entraîner dans un lieu
Où tous les jours il est carême.

6

Der Tod zum Bauren.

Du hast dein Tag g'habt Arbeit groß,
Frühe und spath ohn Unterloß,
Dein Burde will ich dir abnemmen,
Korb, Flegel, Degen thu mir geben.

Der Bauer.

O grimmer Tod, gib mir mein Huth,
Mein Arbeit mir nicht mehr weh thut,
Die ich mein Tag je hab gethan,
Was zeuchst mich armen alten Mann?

LA MORT AU PAYSAN.

Sous le poids du labeur et d'un dur vasselage
Tu ne gémiras plus; je viens t'en décharger;
Donne-moi ce fléau, ce sabre, ce bagage :
Sans perdre un seul instant je veux te soulager.

LE PAYSAN.

Il est vrai, je souffrais; mais, o mort, mort terrible !
Le sort le plus cruel vaut encor mieux que toi;
Rends-moi mon bien, mes maux, ma carrière pénible,
Eh ! quel cas ferais-tu d'un vilain tel que moi ?

Der Tod zum Kind.

Kreuch her, Kind, du must tantzen lehren,
  Wäin oder klag, magst dich nicht wehren,
Hättest schon die Brust an deim Mund,
  So hilffts dich nicht zu dieser Stund.

Das Kind.

O weh, mein liebes Mütterlein,
  Ein dürrer Mann zeucht mich dahin:
O Mütterlein, wilt du mich lohn,
  Muß tantzen, und kau noch kaum stohn.

LA MORT A L'ENFANT.

Enfant, je serai ton maître
Quoique tu viennes de naître
Que tu te plaignes et que tu pleures,
Ce n'est pas ici ta demeure.

L'ENFANT.

Maman, un homme sans pitié
M'arrache à ton amitié.
Il me veut faire danser,
Je sais à peine marcher.

Der Tod zum Maler.

Hans Hug Klauber, laß Mahlen stohn,
   Wir wöllen auch jetztmals darvon :
Dein Kunst, Müh, Arbeit, hilfft dich nüt,
   Wann es geht dir wie andern Leüt :
Hast du schon grewlich gmacht mein Leib,
   Wirst auch so gstalt mit Kind und Weib :
Hab Gott vor Augen allezeit,
   Wirff Bensel hin, sampt dem Richtscheit.

Der Maler.

Mein Gott du wöllest bei mir stohn,
   Dieweil ich auch muß jetzt darvon :
Mein Seel befihl ich in dein Hånd,
   Wann die Stund kommt zu meinem End,
Und der Tod mir mein Seel austreibt,
   Verhoff doch mein Gedåchtnuß bleib,
So lang man diß Werk haltet schon :
   Behüt euch Gott, ich fahr darvon.

LA MORT AU PEINTRE.

Arrête, c'est assez. Ton utile peinture
A retracé le sort de toute créature ;
Elle a de la mort même osé saisir les traits.
Ces traits, dans peu de temps, seront ta propre image,
Celle de ta moitié, de ton fils en bas âge :
Rien ne distinguera le peintre et ses portraits.
Abjure, il en est temps, tes vanités passées,
Et consacre à Dieu seul tes dernières pensées.

LE PEINTRE.

Puisqu'il faut tout quitter, et mon art et la vie,
Assiste-moi, Seigneur, de ta grâce infinie,
Et daigne recueillir mon âme dans la paix.
Et puissent mes travaux, consacrés à ta gloire,
Chez la postérité conserver ma mémoire,
Ainsi que ce tableau conservera mes traits !
Or maintenant, adieu, beaux-arts, cité natale,
Epouse, amis, parens ! voici l'heure fatale

Contrafacturen,
Barbare Hallerin,
Hanß Hug Klaubers selige
eheliche Haußfrawen:
sampt ihres Kinds
Hanß Ulrich Klauber.

Bildnuß
Hanß Hug Kluber,
so den Todtentantz zu Basel
Anno 1568 auffs newe reno=
viert: starbe im jahr 1578 den
7. Febr. seines alt. 42 jahr.

Der Tod zum Sauffer.

Wilt du noch nicht vergnüget seyn,
  Halt, halt, ich will dir schencken eyn,
Und dir abstricken vor der Zeit
  Dein Leben jetzt mit grossem Laid.

Der Sauffer.

O Paule, du Heiliger Mann,
  Deinen Spruch ich nie geglaubet han,
Daß Fressen, Sauffen, Hurerey,
  Dem Leib und Seel so schädlich sey.

LA MORT A L'IVROGNE.

Tu n'as pas encore assez bu?
Eh bien ! je vais te satisfaire
En coupant dès ce moment
Le fil de ton existence.

L'IVROGNE.

Oh ! saint Paul je n'ai pas voulu croire :
Que la débauche tue le corps et l'âme !

Der Tod zum Spieler.

Weil du dem Spielen Tag und Nacht
So embsiglich hast nachgetracht,
Huy Tod druck ab die Gurgel sein
So ist der Leib und Seele mein.

Der Spieler.

O lieben Gesellen helffen mir,
Daß ich entrinn dem wüsten Thier,
Hätt ich besucht des Herren Wort,
Wär mir wohl g'wesen hie und dort.

LA MORT AU JOUEUR.

Comme tu jouais nuit et jour
Sans relâche et toujours
Je viens chercher mon bien
Ton corps et ton âme sont miens.

LE JOUEUR.

Oh! mes chers compagnons
Venez à mon secours!
Si j'avais écouté la parole du Seigneur,
Je ne serais pas réduit au désespoir.

Der Tod zum Räuber.

Dieweil du haſt in dieſer Zeit,
   Mit Raub und Mord durchgricht die Leut:
Glaub mir, du wirſt vor Gottes Thron
   Mit den Cainern übel b'ſtohn.

Der Räuber.

O daß ich nimmer wär gebohren,
   Dermaß empfind ich Gottes Zoren,
Darzu mein G'wiſſens ſchwäre Quäl:
   O weh meins Leibs, weh, weh der Seel.

LA MORT AU VOLEUR.

Tu vivais de meurtre et de rapine
Sur cette terre,
Devant le trône de Dieu
Tes crimes seront punis.

LE VOLEUR.

Oh! que n'ai-je jamais vécu,
Je ressens déjà la colère de Dieu;
Le remords s'empare de moi,
Mon corps et mon âme sont perdus.

Adam und Eva.

Von des Teuffels vergifften Zung,
Hat der Tod sein Ursprung,
Herrschet über die Menschen ganz:
Wir müssen all an seinen Tanz.

ADAM ET ÈVE.

La mort a pris naissance
Par la langue empoisonnée du diable;
Maintenant elle règne sur l'humanité
Et tous nous danserons sa danse.

Adam und Eva.

Eva ist vast schuldig dran,
   Sie gab den Tod auch ihrem Mann,
Deß müssen wir groß leyden Noht,
   Dann daher kommt der bitter Tod.

ADAM ET ÈVE.

Ève donna la mort à son époux
Voilà pourquoi nous périrons tous.

Hiemit die Rhym des Todten-Tantz,
O Satyre, sich enden gantz:
Doch zwey Verslin, so folgen nun,
Ihn gantz und gar beschliessen thun.

Mit stiller Stund,
Gehn wir zu Grund.

Ici finissent les rimes satiriques
De la danse des morts.
Deux mots encore pour terminer,
Ce seront les derniers :

La mort nous enlève à l'improviste,
Soyons toujours prêts à la recevoir.

STRASBOURG, IMPRIMERIE DE G. SILBERMANN.